Peter Härtling

Hallo Opa
Liebe Mirjam

Peter Härtling

Hallo Opa
Liebe Mirjam

Eine Geschichte in E-Mails

GULLIVER
von BELTZ & Gelberg

Für Hannah und ihre Cousinen

Dieses Buch ist auch als E-Book erhältlich
(ISBN 978-3-407-74555-2)

FSC MIX Papier aus verantwortungsvollen Quellen FSC® C089473

www.beltz.de

in der Verlagsgruppe Beltz · Weinheim Basel
Werderstr. 10, 69469 Weinheim

Lektorat: Barbara Gelberg
Neue Rechtschreibung
Einbandillustration: Philip Waechter
Einbandgestaltung: Moni Port
Typografie: Nancy Püschel
Gesamtherstellung: Beltz Bad Langensalza GmbH, Bad Langensalza
Printed in Germany
ISBN 978-3-407-74580-4
1 2 3 17 16 15

Von: Mirjam
An: Opa

Hallo Opa, du warst plötzlich weg. Manchmal bist du schneller, als du kannst. Ich wollte dir noch sagen, dass du nervst, wenn du mit Mama heimlich über mein Facebook redest. Davon versteht ihr überhaupt nichts. Und wenn du behauptest, das sei gefährlich, wenn man sich so darstellt, hast du keine Ahnung. Ihr wart heimlich so laut, dass ich alles mitgekriegt habe. Mama übertreibt immer. Und du hilfst ihr auch noch dabei. In deinem Alter könntest du vernünftiger sein und dich nicht in meine Angelegenheiten einmischen.

Vielen Dank für die Datteln. Oskar und ich haben sie ratzeputz verspeist. Mein kleiner Bruder hat jetzt Bauchweh. Ich nicht.

Papa sagt, es ist nicht sicher, ob du jeden Tag deine Mails checkst. Wenn du sie gelesen hast, kannst du mir auch gleich antworten.

Tschüs, deine Mirjam

Von: Opa
An: Mirjam

Mirjam, liebe –

tatsächlich hast du nun warten müssen, da ich erst jetzt wieder an den Computer gedacht habe. Drei Tage nach deiner strengen Mail. Jetzt sitze ich noch da und tippe einen Brief in den Computer. Das geht mir gegen den Strich. Denn ich bin an Briefe auf der Schreibmaschine gewöhnt oder an den Füller. Aber da du jetzt damit angefangen hast, setze ich unseren E-Mail-Wechsel fort. Ich hoffe, ich drücke mich manchmal nicht zu »alt« aus. Außerdem versuche ich, so wie du es wünschst, vernünftig zu sein. Das heißt aber nicht, dass ich immer einer Meinung mit dir sein muss. Weißt du, ich bestehe nicht unbedingt auf meiner Erfahrung. Die schlägt leicht in Besserwissen um.

Gestern habe ich mal wieder alter Mann gespielt, so, wie du es nicht magst. Oma und ich waren auf dem Weg zum Konzert. Ich wollte abkürzen, übersah einen Poller und flog über ihn drüber. Dass ich mit dem Kopf nicht auf dem Boden aufschlug, verdanke ich Oma, die mich gerade noch am Arm erwischte. Da lag ich, mein Rücken und meine Flanke schmerzten. Ich kam nicht mehr hoch. Ein junger Türke sprang mir bei und half mir auf die Beine. Oma fragte mich, ob ich noch Lust auf das Konzert habe. Da meine Hose nicht zerrissen war, meine Jacke ebenso wenig, besuchten wir das Konzert. Zu Hause stellte ich fest, dass ich zweifarbig auftreten könnte. Die rechte Hälfte weiß, die linke tiefblau. Komisch, dass solche Unfälle nur Kindern und alten Leuten passieren. Da wirst du auch wieder nicht meiner Ansicht sein. Ehrlich gesagt, bin ich nicht sicher. Nur was es mich, als alten Leut, angeht.

Ich hörte, dass du morgen eine Mathearbeit schreibst. Da ich krottenschlecht in Mathe war, wird es kaum helfen, wenn ich die Daumen drücke. Für alle Fälle, sage ich mir, und denke mit einem lieben Gruß an dich,

dein Opa.

Von: Mirjam
An: Opa

Hallo Opa, dass es dich so hingehauen hat, finde ich ätzend. Wahrscheinlich hat sich Oma fürchterlich geschämt. Dazu brauchtest du auch mal Hilfe zum Hochkommen. Kannst du nicht wie ein normaler Mensch aufpassen? Am Wochenende kommen wir euch besuchen. Bloß weiß ich noch nicht, ob ich Zeit habe. Stell dir vor, ich habe auf Facebook schon sechzig Freunde. Oskar ist mit seinem Freund skaten. Gleich kommen sie und es gibt Krach in der Wohnung. Mama bittet schreiend um Ruhe, damit der Krach noch krächer wird. Ist das überhaupt richtiges Deutsch? Ich hab mir übrigens von eurem Zeugnisgeld, das ich gespart habe, gestern tolle Stiefel für den Winter gekauft, aber ohne Mama, die sowieso immer alles besser weiß.

Mirjam

Von: Opa
An: Mirjam

Liebste Mirjam, du bist also nicht zum Wochenende erschienen. Deine Eltern kamen ohne dich, aber immerhin mit Oskar. Der, enorm freundlich, mit Oma Englisch lernte. Du hättest dich überraschend mit einer deiner Freundinnen verabredet, die deine Mutter für bedenklich hält. Warum, weiß ich nicht, aber sie wird ihre Gründe haben. Von Oma soll ich dir ausrichten, dass sie sich nicht geschämt habe, als ich über den Poller flog. Sie habe sich nur erschreckt. Und was verstehst du unter »normal«? Ich bestehe gar nicht darauf, normal zu sein. Manchmal findet mich die Oma auch verrückt. Außerdem solltest du mit solchen Feststellungen sparsam umgehen, denn du bist in einem Alter – in einem Zustand, der Pubertät genannt wird –, in dem du deine Eltern mit Verrücktheiten herausforderst. Kaum auszuhalten, höre ich sie dann seufzen. Ein Seufzer, der auch deiner sein könnte, wenn du an mich denkst. Jetzt wage ich einen kühnen Vergleich: Der Unterschied in der Verrücktheit von vierzehnjährigen Mädchen und beinah achtzigjährigen Männern ist, dass die Mädchen an ihr leiden und die alten Männer sich an ihr vergnügen. Stimmt das? Ich warte auf deinen Widerspruch.

Führe mir mal bei Gelegenheit deine Stiefelchen vor. Komm ohne Verdruss über die Woche, wünscht dein halbwegs normaler Opa.

Von: Mirjam
An: Opa

Hallo Opa, also deine Vergleiche kommen bei mir nicht an. Du übertreibst mal wieder total. Ich bin nicht so verrückt wie du und ich leide auch nicht an dieser Verrücktheit. Aber es stimmt: Manchmal nerven mich Papa und Mama, und Oskar noch mehr. Und wenn ich mich wehre, wenn ich einfach abhaue, um das Gezeter nicht mehr hören zu müssen, behaupten die, ich pubertiere. Das ist ziemlich bescheuert. Kannst du nicht mal mit denen reden? Du weißt doch, wie es ist, wenn man mit den Erwachsenen Ärger hat. So hast du es jedenfalls erzählt. Wenn du nicht wieder gelogen hast.

Deine Mirjam

Von: Opa
An: Mirjam

Nein, liebste Mirjam, ich habe da nicht gelogen. Ich war ein schwieriger Junge, kam mit mir und den anderen, die ich für absolut verlogen und schwachsinnig hielt, nicht zurecht. Ich glaubte keinem, nur den Büchern. Du kannst dir nicht vorstellen, wie besessen ich gelesen habe. Ich fühlte mich von der Welt ausgestoßen und las mich in eine andere Welt hinein. In der Schule hatte ich nur Schwierigkeiten – oder ich machte sie mir. Immerhin half mir mein Deutschlehrer. Er drohte mir nicht wie die anderen Lehrer und rief mich nicht ständig zur Ordnung. Unter Ordnung verstanden sie nach meinem Verständnis Unterordnung, Speichelleckerei. Du merkst, ich gerate erinnernd in Fahrt. Vergleichen jedoch will ich nicht. Du hast deine Schwierigkeiten und ich hatte meine. Der Unterschied zwischen »hast« und »hatte« ist wichtig. Ich möchte mich nicht mit meiner Vergangenheit in deine Gegenwart mischen. Doch auf die Hilfe muss ich unbedingt noch kommen. Ohne die wird der innere Aufruhr noch lausiger. Ich hatte also neben meinem Deutschlehrer noch zwei weitere Seelenhelfer, einen Maler und Bildhauer, der in der Nazizeit gegen den Strom gedacht und gehandelt hat, und meine Liebste, die mit mir in eine

Klasse auf dem Gymnasium ging und heute meine Frau ist. Da staunste, was? Die Oma, die auch mal pubertierte, kann dir mehr erzählen. Frag sie mal, rät dir dein Opa.

Von: Mirjam
An: Opa

Hallo Opa, das ist krass, was du da von dir erzählst. Vielleicht gibt es gar keine Altersunterschiede, sondern bloß Erinnerungsunterschiede. Morgen fangen die Herbstferien an und ich habe noch nichts geplant. Langweilig, langweilig. Wenn die Eltern mir eine Reise nach Hamburg spendieren, könnte ich Tante Grit besuchen. Sie ist, wie du weißt, meine Lieblingstante. Aber sie hat noch keine Ahnung, dass ich komme. Es kann auch sein, ich nerve sie, weil ich meine Probleme mit ihr besprechen möchte. Sie versteht mich von allen am besten. Sei bitte nicht beleidigt. Du bist immerhin der einzige Erwachsene, dem ich Mails schicke. Und manchmal ziemlich vertrauliche. Du könntest ja auch einen Blog einrichten, der von dir erzählt. Das wäre für uns beide einfacher. Du müsstest nicht ständig an mich denken. Nur an dich. Und ich könnte eine Menge von dir erfahren. Aber du schreibst ja lieber Bücher. Die sind nicht an mich gerichtet. Das ist so.

Deine Mirjam

Von: Opa
An: Mirjam

Liebste Mirjam, ich will nicht übertreiben: Ich denke nicht »ständig« an dich. Und dir zuliebe richte ich auch keinen Blog ein, denn ich will nicht andere in unser Vertrauen ziehen. Kannst du das verstehen? Du bist allerdings ein Facebook-Girl und stellst dich gewissermaßen aus. Deswegen wirst du für meine Zurückhaltung kein Verständnis haben. Und wenn du mir sagst, ich stelle mich in meinen Büchern auch bloß, dann möchte ich dich schon aufmerksam machen auf den Unterschied zwischen Buch und Blog. Im Moment schreibe ich keinen Roman, sondern Gedichte. Das ist für mich wie Musik machen. Von deinen Eltern erfuhr ich, du bist bester Laune mit dem Zug nach Hamburg gefahren. Du musst mir unbedingt schreiben, was du dort erlebt hast.

Dein Opa

Von: Mirjam
An: Opa

Hallo Opa, ich bin wieder zu Hause. Für eine Mail aus Hamburg habe ich zu wenig Zeit gehabt. Mit Tante Grit und den Kleinen waren wir im Tierpark Hagenbeck. Hier ging dann auch noch alles gleich drunter und drüber. Ich möchte wissen, ob ich immer an allem schuld bin. Stell dir mal vor, ich muss die Schule wechseln! Sicher hat Mama schon mit euch telefoniert. Wegen Facebook. Da haben mich meine besten Freundinnen übel gemobbt, haben einen totalen Scheiß geschrieben wie: Die schmeißt sich an die Jungs ran und bettelt um unsere Freundschaft. Mama und Papa haben wütend meine Klassenlehrerin angerufen. Die hatte aber keine Ahnung. Und die Mama von Josefine hat nur gelacht. Ich soll mich wehren, meint die. Papa hat mich gefragt, ob ich die Schule wechseln will. Ich wollte. Was denkst du? Jetzt bin ich schon an der neuen Schule, weil die Schulleitung nichts dagegen hatte. Die Klasse ist in Ordnung. Meine alte Klassenlehrerin hat gesülzt, es tut ihr alles furchtbar leid. Ich hasse, ich hasse, ich hasse.

Mirjam

Von: Opa
An: Mirjam

Liebste Mirjam, das sind ja aufregende Neuigkeiten! Hoffentlich findest du an dieser Schule Freundinnen, die nicht darauf aus sind, dich zu beleidigen und in die Enge zu treiben. Fertigmachen nannten wir das in meiner Schulzeit. Ich bin, obwohl ich neu und fremd als Flüchtlingsjunge in die Klasse kam, damit zurechtgekommen, ich habe mich mit Kindern, die ich mochte, gegen die Idioten verbündet und manchmal um mich gehauen. Aber sag mir, liebe Mirjam, wen oder was du so hasst. Vielleicht hilft's, findet
dein Opa.

Von: Mirjam
An: Opa

Hallo Opa, kannst du dir das nicht denken? Mir wird kotzschlecht, wenn ich an alle die Ermahnungen denke, die ich zu hören bekomme oder die falschen Blicke oder die gemeinen Anspielungen. Das sind nicht bloß die Erwachsenen, sondern auch die Jungs und Mädchen in der Schule. Das alles tut weh und manchmal möchte ich abhauen. Sag bitte niemandem was. Mama und Papa müssen das nicht wissen. Seit sie wissen, dass wir mailen, platzen sie sowieso vor Neugier. Also, was wir mailen, bleibt geheim!!! Geht's dir überhaupt gut? Oma meinte kürzlich, mit dir ist was nicht in Ordnung. Aber sie verriet mir nicht, was ...

Mach's gut! Deine Mirjam

Von: Opa
An: Mirjam

Liebste Mirjam, nichts verrate ich! Was wir mailen, bleibt unter uns. Aber du musst mir erlauben, dass ich dir, wenn du bei uns zu Besuch bist, auch mal die Meinung sage oder dich bitte, deine Eltern ins Vertrauen zu ziehen. Das ist die Regel. Ein Briefgeheimnis ist auch ein Mailgeheimnis, obwohl ich mir da nicht so sicher bin.

Ja, mit mir war was nicht in Ordnung. Oma spürt immer die Gefahr oder das Unheil voraus. Gut, wenn sie sich irrt! Aber ich litt wieder an Atemnot, und da fürchtet sie, dass sich meine Lunge zum wiederholten Mal mit Wasser füllt und sie den Notarzt rufen muss. Ich hatte halt keinen guten Tag, wie du manchmal auch. In meinem Alter wirken sich üble Tage allerdings anders aus. Komm bald!,

wünscht dein Opa.

Von: Mirjam
An: Opa

Ich weiß noch: Irgendwann bist du mit dem Notarzt ins Krankenhaus gebracht worden, und ich glaube, ziemlich alle haben gedacht, dass du stirbst. Mach bloß keinen Scheiß! Und sag mir jetzt nicht, dass ich das nicht schreiben soll. Das ist mein gutes Recht. Ich kann mich ja auch um Ältere sorgen. Übrigens hab ich wieder Krach gehabt, mit beiden. Die Mama jammert ständig, weil ich in der Schule schlechter werde. Und der Papa verbietet mir, mit meinen Freundinnen shoppen zu gehen, dabei kriege ich sowieso nie Geld dafür. Ich hab gekreischt, kannst du dir denken, und ich wünsche mir, jemand anders oder ganz weit weg zu sein. Dann würden die merken, was ihnen fehlt: ICH!

Pass bloß auf dich auf.

Deine Mirjam

Von: Opa
An: Mirjam

Diesen Wunsch kenne ich, liebe Mirjam: jemand anders sein. Deswegen fing ich an zu schreiben, zu erzählen. Erzähl du mir mal, was du dir vorstellst, erzähl mir von der, die du sein möchtest. Scheu dich nicht, ich weiß, was Phantasie mit uns anstellt, wohin sie führt, wie albern und glücklich sie uns macht. Als ich so alt war wie du, noch auf der Schule, fand ich die meisten meiner Lehrer – viele von ihnen waren Nazis gewesen – verlogen und schlimm. Sie durften zu dieser Zeit auch noch prügeln. Ich war oft dran. (Mir fällt gerade ein, dass du nicht unbedingt wissen kannst, was ein Nazi war. Ein Anhänger Adolf Hitlers, ein gläubiger Verteidiger der Schandtaten des »Führers«, des Massenmords an den Juden.) Zu Hause erzählte ich nichts, denn meine Tante und meine Oma, die mir die Eltern ersetzten, hätten mich mal wieder für verrückt gehalten, für aufsässig. Also fraß ich alles in mich rein und überließ die Rache meiner Phantasie. Ich saß während des Unterrichts in meiner Bank und erlebte, was meine Mitschüler leider nicht mitbekamen. Eine unerwartete Kraft verwandelte mich in einen Aufsichtslehrer – so nannte ich den für mich –, der einen nach dem anderen meiner Lehrer entließ. Verschwinden Sie, sagte es laut in mir. Sie verschwanden leider nicht. Sondern einer dieser pädagogischen Plagegeister sorgte dafür, dass ich aus der Schule verschwand.

Jetzt bin ich ins Erzählen geraten. Erzähl du!, wünscht dein Opa.

Von: Mirjam
An: Opa

Ich verrate dir, was ich sein möchte. Du wirst staunen, Opa. Ich stelle mir vor, unsichtbar zu sein, wenn ich es wünsche. Ich hab in mir einen Hebel, den ich in Gedanken umlegen kann, und, schwupp, bin ich nicht mehr zu sehen. Ich kann verschwinden. Sogar wenn ich unter Leuten bin, kann mich niemand anquatschen oder anmachen. Und ich kann hören, was die über mich sagen und laut denken. Dumm ist nur, dass ich vergessen habe, die Kraft der Unsichtbarkeit auch auf die Sachen zu übertragen, die ich in der Hand halte. Es wäre natürlich super, wenn ich in einem Laden eine Tafel Schokolade aus dem Regal hole und unsichtbar an der Kasse vorbeikomme. Aber neulich wollte ich mich zu Hause davonmachen und nahm die Schultasche mit. Da hörte ich hinter mir Mama. Sie staunte über die schwebende Tasche und machte oioi, wop! Ich durfte nicht lachen, denn auch die Unsichtbaren sind zu hören. Das alles ist erfunden, mach dir keine Gedanken. Doch du wolltest ja wissen, wer ich sein möchte. Ich freu mich auf unsere Ferien, wenn du dabei bist, am Atlantik. Die Eltern möchten, dass du dort deinen 79. Geburtstag feierst. Pass bloß bis dahin auf dich auf, sonst ist nichts mit Ferien und Feiern. Deine Mirjam

Von: Opa
An: Mirjam

Liebste Mirjam, was mich an der unsichtbaren Mirjam stört: dass sie die Unsichtbarkeit nutzt, um zu klauen. Lass das bloß. Und erkläre mir nicht, es sei nur in der Phantasie passiert. Es ist DEINE PHANTASIE, die der unsichtbaren und sichtbaren Mirjam, eine Phantasie, die mir Spaß macht. Du kannst gut und anschaulich erzählen. Die meisten kennen dich nur als still und ein wenig abweisend (so würde dich sogar deine Mama charakterisieren), aber in deinen Mails an mich (an wen sonst?) bist du putzmunter, kannst dich toll ausdrücken. Ja, ich freue mich auf Portugal. Etwas Bammel habe ich vor den langen Wegen auf den Flughäfen. Die schaffe ich schon. Und wie mir versichert wurde, ist es in dem Ferienhaus bequem und es gibt keine Stufen.

Dein Stolperopa

Von: Mirjam
An: Opa

Hallo Opa, auf dem langen Weg auf dem Frankfurter Flughafen hast du voll geschwächelt. Mir ist ganz anders geworden, als ich dich vor mir her eiern sah. Wie gut für dich, dass es Laufbänder gibt. Zum Abschied sind wir gar nicht richtig gekommen, ihr wart plötzlich mit dem Taxi weg. Ich habe dir noch sagen wollen, wie sehr mir die Woche in Portugal gefallen hat und dass du dich als »Geburtstagskind« (ich finde den Ausdruck blöd, weiß aber nicht, wie ich dich anders nennen soll) toll gehalten hast. Wirklich cool. Am schönsten fand ich das Sektfrühstück am südlichsten Zipfel Europas, neben dem Leuchtturm von San Vicente, am Rand der Klippen, hoch oben auf den Felsen. Tante Anne hatte einen Regiestuhl aufgeklappt und du hast vorsichtig und ängstlich Platz genommen. Ich hab bemerkt, wie du mit deiner Höhenangst gekämpft hast. Dann haben wir auf dich angestoßen, mit Saft und Sekt, du hast dich zurückgelehnt und ausgesehen wie ein Bär, dem Honig um die Schnauze geschmiert wurde. Am Abend habe ich es Antonio erzählt. Er hat gelacht und gesagt, dass der Bär sein Lieblingstier ist. Der Schwarzbär. Es war auch lieb, dass du ihn – Antonio, nicht den Bären – zum Abendessen in das Klippenrestaurant eingeladen hast. Als wir dann rausgingen, um aufs Meer runterzugucken, hat er gesagt, du seist gar nicht so alt, wie du geworden bist. Das finde ich, bis aufs »Schwächeln«, auch.

Deine Mirjam

Von: Opa
An: Mirjam

Liebste Mirjam, ich habe dir schon lange keine Mail mehr geschickt, dir nicht geantwortet auf deine schöne Portugalerzählung. Ich habe dich fragen wollen, ob du noch an Antonio denkst, ob du mit ihm Verbindung hast. Das würde mich freuen, ihn bestimmt ebenso.

Ich habe mich nicht gerührt, weil es mir elend geht. Du weißt ja, dass ich manchmal unter Depressionen leide, dann wird alles schwarz, verliert seinen Sinn und ich bin handlungsunfähig. Wahrscheinlich habe ich mich in unseren Ferien überfreut. Mach dir keine Sorgen, Mädchen. Bald bin ich wieder da und die große Trauer hat ein Ende. Immerhin habe ich Lust und Kraft aufgebracht, dir zu schreiben. Da kannst du sehen, wie wichtig du mir bist.

Dein Opa

Von: Mirjam
An: Opa

Ich muss euch um etwas bitten. Das versteht ihr womöglich nicht. Und wenn es nicht geht, müsst ihr mir das sagen. Die Eltern wissen nichts davon. Ich hab mich nämlich ziemlich plötzlich entschlossen. Ich habe dauernd Krach mit Mama und Papa. Sie sind, wie sie sagen, unzufrieden mit mir. Weil ich ständig bei Freundinnen schlafen möchte. Weil die Freundinnen nicht die richtigen Freundinnen sind. Weil sie ständig mit mir simsen. Weil sie mich vom Lernen abhalten, weil sie einen schlechten Einfluss auf mich haben. Könnte ich für ein paar Wochen bei euch wohnen? Damit sich Mama und Papa nicht aufregen und auch nicht dauernd an mir rummäkeln. Sie wissen noch nichts von meinem Plan. Könntest du mit ihnen reden? Wenn sie das von mir hören, gibt es nur eine gewaltige Aufregung, und sie würden mir nicht erlauben, eine Weile bei euch zu wohnen. Ziemlich durcheinander: Deine Mirjam

Von: Opa
An: Mirjam

Schwierig, schwierig, liebste Mirjam. Zum einen: Deine Eltern halten deinen Plan für eine momentane Laune, für eine Spinnerei, für eine pubertäre Trotzerei. Zum andern: Deine Oma fürchtet, dass du deine Launen auch an ihr auslassen könntest; ich auch. Und bedenke bitte, du musst um eine Stunde früher aufstehen, um mit der S-Bahn zur Schule zu kommen, und für den Rückweg brauchst du ebenso viel Zeit. Und deine Freundinnen? Wird dann bloß noch gesimst?

Mit mir kannst du auch nicht unbedingt rechnen. Ich reagiere zwar schnell und gern auf deine Mails, aber tagsüber bin ich nur wenig ansprechbar. Dies alles zusammengefasst: Du kannst morgen kommen. Das Bett im Gästezimmer ist frisch bezogen, die meisten Bedenken sind ausgeräumt und deine Eltern werden dich morgen mit einer Gebrauchsanweisung an uns übergeben. Keine Klage, kein Gezeter mehr!, bittet, dich erwartend, dein Opa.

Von: Mirjam
An: Opa

Die drei Wochen mit euch waren echt kuhl. Ich schreib das so, weil du den Ausdruck nicht leiden kannst. Kuhl, was? Die Fahrt mit der S-Bahn zur Schule hat mich überhaupt nicht angestrengt, denn da waren immer auch ein paar andere von unserer Schule, und wir haben manchmal solchen Quatsch gemacht, dass sich die Rentner mal wieder furchtbar aufgeregt haben. Das frühe Aufstehen fand ich schon schlimmer. Du hast auf alle Fälle immer noch gepennt und später gefrühstückt. Aber weißt du, ihr beide seid richtige Schauspieler. Manchmal dachte ich, ich bin in einem alten Film: Wenn Oma behauptete, sie habe alles vergessen, und genau wusste, was sie tat, oder wenn du gehinkt und geklagt hast. Im Ganzen fand ich euch klasse. Ihr habt den Eltern nichts verraten, als ich mit einer Fünf in Deutsch nach Hause kam und dich beinahe der Schlag traf. Du bist dann mit mir das Gedicht von Schiller, die blöde »Bürgschaft«, durchgegangen, ohne jeden Vorwurf. Oma konnte das Gedicht sogar auswendig, noch von der Schule. Als ich dir aber erklärte, dass ich die Fünf geschrieben habe und das Gedicht für Scheiße halte, weil mein Deutschlehrer ein Weichei ist und er die ganze Stunde herumsülzt, bist du an die Decke gegangen. Jetzt weißt du, dass es mir bei euch gefallen hat. Zum Schluss kam noch der große Schreck: Oma hatte mit ihrer Angst wegen deinem keuchenden Atem doch recht und ich habe auch Angst bekommen. Plötzlich blieb dir die Luft weg, weil deine Lunge sich mit Wasser gefüllt hat, und der Notarzt musste kommen. Du bist schon wieder zu Hause. Das Wasser aus der Lunge ist raus und es geht dir wieder besser. Alt werden möchte ich nicht unbedingt. Ich soll mich noch bei euch bedanken, befiehlt mir Mama. Ich hab ihr gesagt, dass ich dir maile. Am Sonntag gucken wir bei euch vorbei. Vielen Dank, dass ihr so lieb wart!!!

Deine Mirjam

Von: Opa
An: Mirjam

Liebste Mirjam, ist dir aufgefallen, dass du in deiner letzten Mail eine Geschichte erzählt hast, eine Geschichte über mich, vom nach Luft schnappenden Opa? Daran habe ich gemerkt, wie sehr du erschrocken bist. Immerhin hast du bei eurem Sonntagsbesuch feststellen können, dass ich wieder da bin, und zwar ganz ordentlich. Und gefreut habe ich mich, dass du mit deiner Mama umgehst ohne Zicken. Verzeih, zickig ist schon der Ausdruck für dein Verhalten – manchmal. Trotzdem verrate ich dir, wie sehr du mir fehlst. Oma und ich haben uns doch stark an dich gewöhnt, meint
dein Opa.

Von: Mirjam
An: Opa

Lieber Opa, noch eine Aufregung! Ich hab mich mit einem Mädchen in der Pause geprügelt und musste danach zur Schulleitung. Das kam so: Eine Freundin, Samanta, hat auf Facebook von mir gesagt, dass ich keine Hemmungen habe. Was gar nicht stimmt. Und sie hat es auch wiederholt! Also hab ich sie in der Pause überrascht und ihr eine runtergehauen. Sie hat zurückgehauen. Ich hab die Augen zugekniffen und auf sie eingetrommelt, bis sie gequiekt und mich jemand von ihr losgerissen hat. Mama und Papa haben jetzt Schiss, dass ich wieder die Schule wechseln muss. Das möchte ich auf keinen Fall. Mir geht es in meiner Klasse gut, ich habe ein paar echte Freundinnen. Nicht solche wie Samanta. Und mit den Lehrern komme ich auch zurecht. Morgen gehen wir auf eine Orchesterfreizeit. Mama ist ganz glücklich, sie freut sich, dass ich meine Geige »wiederentdeckt« habe. Sie hat auch mit der Mutter von Samanta telefoniert. Das war mir voll peinlich. Die lässt natürlich nichts auf ihre Samanta kommen.

Mirjam

Von: Opa
An: Mirjam

Liebste Mirjam, gut geprügelt, kann ich nur sagen. Nein, freue dich nicht zu früh über meine Zustimmung. O Samanta! So fies kann nur sie sein. Und ein paar andere, von denen du es nicht denkst. Ich kann dir nur raten, das blöde Facebook zu verlassen. Wenn ich eure allerliebsten Bilderchen anschaue, wird mir schon übel. Ihr spielt Rollen, die ihr nicht aushaltet. Ihr probiert ein Leben, das nicht eures ist. Und dazu kommen die Gemeinheiten, die üble Nachrede. Ich verstehe nur zu gut, dass du auf Samanta, von der du gedacht hast, dass sie eine Freundin ist, losgegangen bist und sie verdroschen hast. Bravo, mein Mädel! (Ich bin mir nicht sicher, ob sich deine Eltern über meine Mail freuen.)

Ich war, als wir vor ein paar Tagen bei euch vorbeikamen, nicht gut in Form: Die langen Gänge in der Stadt schaffen mich, manchmal wird mir übel. Und dann sitze ich rum wie bestellt und nicht abgeholt. Verzeih also, dass ich nur verzögert reagierte, als du die neue schicke Jacke vorführtest. Cool, nein, kuhl hast du ausgesehen. Inzwischen habe ich mich erholt. Für wie lange, weiß ich nicht.

Ich umarme dich. Pass auf dich auf und hüte dich vor den Samantas dieser Welt! Dein Opa

Von: Mirjam
An: Opa

Hallo Opa, das ist eine ätzende Geschichte. Gestern traf ich Irina im Park. Wir waren miteinander in der Kita. Sie ist dann in eine andere Schule gekommen. Und sie ist ganz anders geworden. Früher war sie schüchtern und jetzt schneidet sie total auf. Sie klaut! In Drogerien lässt sie Lippenstifte, Nagellack und Mascara mitgehen. Ich hab sie gefragt, ob sie nicht Angst hat, erwischt zu werden. Aber sie blieb ganz kuhl. Die ist doch nicht dicht. Sie benutzt das Zeugs nicht mal, sie sammelt es bloß. In einem Versteck, sagt sie. Beim Abendessen habe ich das den Eltern erzählt. Mama hat sich aufgeregt, denn sie ist mit Irinas Mama befreundet. Hoffentlich sagt sie nichts.

Deine Mirjam

Von: Opa
An: Mirjam

Liebe Mirjam, ja so können sich Freundinnen und Freunde von früher verändern. Das habe ich auch hin und wieder erfahren müssen. Wenn deine Mama mit Irinas Mama über Irinas ziemlich bedenkliches Hobby spricht, dann verrät sie nicht weiter, was du schon verraten hast. Das ist einfach falsch gedacht. Es kann ja auch sein, dass Irinas Mutter ihre Tochter, die wie eine Elster klaut, ohne Krawall und Strafe zur Vernunft bringt. Denke ich mir, sozusagen alt und weise: dein Opa.

Von: Mirjam
An: Opa

Hallo Opa, du wirst es nicht glauben: Irinas Mama wusste schon, dass Irina klaut, sie fand es bloß interessant, dass Irina damit angibt. Das wird sie ihr jetzt verbieten und das Klauen auch. Doof nur, dass sie jetzt weiß, dass ich was gesagt habe. Ist auch egal.

Deine Mirjam

Von: Opa
An: Mirjam

Egal ist nix, liebe Mirjam. So mogelst du dich einfach aus Situationen, die dir unbequem sind. Die bleiben lästig. Sicher fällt dir, falls du Irina zufällig wieder begegnest, sofort ein, dass sie dir erzählt hat, was du weitererzählt hast. Das musst du schon aushalten, auch wenn sie dir aus dem Weg geht. Das ist die Moral von der Geschichte, findet

dein Opa.

Von: Mirjam
An: Opa

Hallo Opa, was ich dir jetzt schreibe, erzähl bitte keinem Menschen. Heute, als ich aufgestanden bin und zur Schule musste, fühlte ich plötzlich eine große Angst. Warum, wusste ich nicht. Sie war da und ich konnte nicht richtig atmen. In der U-Bahn ging sie nicht weg. Die Angst tat mir richtig weh. In der Schule, in der Klasse war sie auf einmal verschwunden. Was ist das für eine Angst? Du kennst sie sicher auch.

Deine Mirjam

Von: Opa
An: Mirjam

Liebe Mirjam, in Ängsten bin ich kundig. Gut, dass du mich fragst. Eine Angst wie deine, eine Angst, die dich geradezu überfällt, muss einen Grund haben. Sie drückt etwas Unausgesprochenes aus, eine Sache, die du verpatzt oder vergessen hast, die du *be*fürchtest. Siehst du, wie deine Angst, die Furcht, in diesem Wörtchen steckt? Ich habe oft unter ihr gelitten, als Junge, wenn ich etwas versiebt hatte, oder später, als ich Redakteur bei einer Zeitung war, wenn ich etwas gegen oder für jemanden geschrieben hatte und nicht wusste, wie der das aufnehmen würde. Später, wenn ich etwas versprochen hatte und nicht halten konnte. Wer etwas nicht wahrhaben will, den drückt die Angst.

Dein Opa

Von: Mirjam
An: Opa

Hallo Opa, deine Mail hat mir geholfen. Ich weiß, warum ich solche Angst hatte. Das sag ich dir aber nicht. Das Leben ist schön, wenn einem nicht mehr gesagt wird, was nicht erlaubt ist, was sich nicht gehört, was man am besten nicht tut. Dir sagt das doch kein Mensch, du kannst dir alles erlauben. Es nützt dir sogar, dass du alt bist. Wir müssen auf dich aufpassen, dich schonen und überhaupt lieb zu dir sein. Stimmt das denn? Gefällt dir das? Auch Wild hat manchmal Schonzeit. Ich musste die Wut mal wieder rauslassen. Ich war mit Samanta verabredet und mein Papa hat es mir verboten. Weil ich mich selbst nicht verraten dürfte, weil die Samanta gemein zu mir war. Das ist doch Scheiß.

Deine Mirjam

Von: Mirjam
An: Opa

Hallo Opa, was ist mir dir? Du mailst nicht, du antwortest nicht. Und ihr geht nicht ans Telefon. Dabei wollte ich dir nur sagen, dass ich die zwei Tage über Weihnachten bei euch kuhl fand: Es war ein richtiges Fest und es gab keinen Krach. Komisch fand ich eure Diskussion über den Gehstock, den du bald brauchst. Die Oma meint, du fällst sonst hin, wenn du dich falsch bewegst. Vielleicht übertreibt sie auch. Auf jeden Fall bist du an den beiden Tagen rumgehumpelt, ohne hinzufallen. Und die Geschichte von dem Weihnachtsfest, das du als Kind erlebt hast, war schon komisch und traurig zugleich: Dass du alleine singen musstest und dass deine Oma beinahe an einer Würstchenhaut erstickte, bis ihr dein Papa auf den Rücken haute und das Ding aus ihrem Mund schoss. Ich finde, dass zu Weihnachten immer solche Sachen passieren, weil alle sich anstrengen, lieb zu sein. Das ist zum Kotzen.

Bitte, bitte melde dich. Deine Mirjam

Von: Mirjam
An: Opa

Hallo Opa, wieder nichts von dir gehört. Landen meine Mails alle in deinem Spam-Ordner? Heute Abend werde ich Mama bitten, die Oma anzurufen. Wahrscheinlich kann die erklären, was mit dir los ist. Ich möchte morgen unbedingt zu euch kommen, um in Ruhe Mathe zu lernen. Papa kommt am Abend und nimmt mich dann mit nach Hause. Geht das? Stört es euch? Sag endlich was, ich hab dich was gefragt.

Deine Mirjam

Von: Mirjam
An: Opa

Hallo Opa, die Mama hat mit Oma telefoniert. Jetzt weiß ich, dass es dir nicht gut geht. Trotzdem hättest du ein paar Sätze mailen können. Schon, weil ich dich was gefragt habe. Deine Mirjam

Von: Opa
An: Mirjam

Liebste Mirjam, ich weiß nicht, ob du mich verstehen wirst. Nein, du wirst mich nicht verstehen. Ich bin seit Tagen müde. So müde, dass ich morgens nicht aufstehen möchte, mich vor dem Tag fürchte und vor allem, was geschehen wird. Dass ich mich zu nichts mehr entschließen kann. Auch nicht, an die Schreibmaschine oder an den Computer zu gehen. Mich packt eine Müdigkeit, die ich manchmal Melancholie nenne. Und die Melancholie schwärzt einen alten Mann wie mich von innen. Komm und lerne, wann immer du willst! Im Haus ist Platz genug. Wir Oldies sind ja immer zufrieden, wenn ihr etwas für eure Bildung tut. – Mach bitte keinen Wirbel, wenn ich mal nicht auf deine Briefchen antworte. Das bittet dich

dein Opa.

Von: Mirjam
An: Opa

Hallo Opa, super! Du bist wieder da! Die Melancholie muss schlimm sein. Manchmal hab ich so etwas Ähnliches. Vielleicht ist es besser, wenn du wenigstens einen Satz mailst. Weißt du, ich habe mich an deine Mails gewöhnt. Irgendwie brauch ich die. Es ist so, als würden wir miteinander sprechen, obwohl wir das in Wirklichkeit überhaupt nicht tun. Wenn ich euch besuche, reden wir kaum miteinander. Die Mama staunt sowieso und findet es eigentlich unmöglich, dass ich dich belästige. Ich habe mich für heute Nachmittag mit einem Jungen verabredet. Ich finde ihn nett. Aber Mama soll erst mal nichts davon wissen. Verrate mich nicht. Bitte. Aber du kannst es Oma erzählen. Ich komme morgen zu euch, aber auf keinen Fall zum Mittagessen, soll ich von Mama ausrichten lassen.

Deine Mirjam

Von: Opa
An: Mirjam

Liebste Mirjam, ich frage mich, ob du oben in Omas Zimmer tatsächlich, wie angekündigt, gelernt hast. Ich konnte früher, selbst wenn großer Krach um mich herum war, arbeiten. Heute geht's nicht mehr. Deine Musik ist schon besonders. Ein Höllenlärm auf Bass-Grundlage. Und von wem, liebste Mirjam, war der Krach? Sicher hast du mit Hilfe dieser Musik wie geschmiert lernen können!

Dein Opa

Von: Mirjam
An: Opa

Hallo Opa, Mama und Papa wissen inzwischen, dass ich mich mit einem Jungen aus der Zehnten treffe. Das finden sie in Ordnung. Bloß haben sie gleich wieder Regeln aufgestellt. Papa hat übrigens gleich Verdacht geschöpft, als du die »starke Musik« angesprochen hast und dass du es toll findest, dass ich mit ihr lernen kann. Auf der Heimfahrt hat er mich mit Fragen genervt, ob ich überhaupt gelernt und ob ich euch nicht gestört habe. Ich weiß nicht, was die sich vorstellen. Außerdem sollen sie sich nicht dauernd einmischen in das, was ich mache. Bald wird mich Mama fragen, was ich denke. Am Schluss deiner Mail bist du richtig zynisch, oder? Bei dem Krach habe ich gut lernen können. Da staunst du, was? Deine Mirjam

Die Musik, die du für Krach hältst, war von den Ärzten und Fettes Brot. So heißen die wirklich.

Von: Opa
An: Mirjam

Liebste Mirjam, sei mir nicht böse: Ich finde die Namen, die sich deine Lieblingsmusiker gegeben haben, bei weitem origineller als ihre Musik. Das ist, stellen wir gemeinsam fest, eine Generationenangelegenheit. Deine Fetten Brote sind meine Stones. Die Bilderserie von deiner Orchesterfreizeit, die du mir auf den Computer geschickt hast, hat mich sehr vergnügt, obwohl ich die wenigsten deiner Con-Musikanten kenne. Immerhin können die auch mit Schubert und Beethoven fröhlich und locker sein, dachte ich mir, und kam mir mit meinen Gedanken schon wieder abwegig vor.

Ich habe übrigens vor, in der nächsten Woche zur Erholung in meine Lieblingsklinik zu fahren. Oma kommt mit. Aus der Ferne habe ich wieder Grund, dir Mails zu schicken.

Dein Opa

Von: Mirjam
An: Opa

Hallo Opa, bist du schon wieder krank? Musst du deswegen in deine beschissene Lieblingsklinik? Oder machst du dort bloß Wellness? Die Oma wird auf dich aufpassen. Mir ist heute nicht gut. Ich könnte kotzen und hab Bauchweh. Mama schleicht besorgt um mich rum und hofft, dass ich nicht ansteckend bin. Wahrscheinlich habe ich zusammen mit meiner Freundin Amelie, bei der ich übernachtet habe, zu viele Süßigkeiten gegessen und auch zu viel Sekt getrunken. Sag bloß nichts! Mama und Papa würden durchdrehen, vor allem Mama, die sich ständig Sorgen macht. Ich habe mir für Papas Geburtstagsfest ein blaues Paillettenkleid kaufen dürfen. Weißt du überhaupt, was ein Paillettenkleid ist? Ich weiß nicht, ob die zu deiner Zeit Mode waren. Mir ist schon wieder besser. Schreib bald.

Deine Mirjam

Von: Opa
An: Mirjam

Liebste Mirjam, manchmal hältst du mich für blöd und weltfremd. Dein Paillettenkleidchen kann ich mir gut vorstellen. Pailletten kenne ich allerdings nur aus der Oper und aus dem Zirkus. Weißt du was? Bring das gute Stück doch mit und führe es vor. – Nein, ich werde deine Sause mit Amelie nicht verraten, aber, Mädchen, Sekt und Schnaps sind nichts für dich. Da geht's nicht um die Moral, sondern um die Gesundheit. Jeden Quatsch musst du nicht mitmachen. Genug! Gleich hältst du mich für unausstehlich und ich verderbe es mir mit dir. Auf bald!

Dein Opa

Von: Mirjam
An: Opa

Hallo Opa, das mit dem Sekt war eine Ausnahme. Ich verspreche es dir. Weißt du, dass du krank ausgesehen hast? Ich bin erschrocken. Die Mama auch. Sie sagte: Womöglich fängt das wieder an mit dem Empfysem (wird das so geschrieben?). Vielleicht war dein Zustand auch schuld, dass du nur viereckige Augen gemacht hast, als ich mich umgezogen habe und mit dem neuen Kleid ins Zimmer kam. Und als du gesagt hast, »viel Pailletten sind das ja nicht«, hat sich Mama kaputtgelacht. Das war ein wenig gemein. Erhol dich und pass bloß auf dich auf!

Deine Mirjam

Von: Opa
An: Mirjam

Liebste Mirjam, wir sind heil angekommen, Oma hat die Kutsche souverän gesteuert. Wir wurden freundlich empfangen, bekamen ein großes, helles Zimmer, und alles, Umgebung und Menschen, war mir gleich vertraut. Das Wetter lässt zu wünschen übrig. Jetzt bin ich schon erpicht auf das Abendessen – der Koch ist ein Künstler, und ich muss nicht darauf achten, dass ich zunehme. Ich schreibe lauter unnötige Sätze, die dich nicht interessieren. Eine solche Gesundheitsinsel, bevölkert von Alten und Kranken, wäre nix für meine Mirjam, ging mir durch den Kopf, als ich durch die Klinik ging. Am schönen Stock mit Silbergriff, den mir nicht der Doktor, sondern Oma verordnete. Lass von dir hören.

Dein Opa

Von: Mirjam
An: Opa

Hallo Opa, die Mama hat mit Oma telefoniert. Die hat erzählt, dass du schon beim Arzt warst, aber schrecklich rumhängst. Was ist denn los mit dir? Spielst du kranker Mann? Ich mache Spaß und schäme mich dabei. Stell dir vor, ich beame mich zu euch in meinem Paillettenkleid. Dann begleite ich euch zum Abendessen und all die Kranken und Alten lassen vor lauter Glotzen die Löffel ins feine Süppchen fallen. Gut ausgedacht, gell? Mail mir, wenn es dir besser geht.

Deine Mirjam

Von: Mirjam
An: Opa

Hallo Opa, nichts, aber auch gar nichts kommt von dir. Strengt dich das Gesundwerden so an? Bei uns ist nicht viel los. In der Schule klappt beinahe alles, bis auf Mathe. Aber da könntest du mir ja auch nicht helfen. Papa tut es, aber ich bringe ihn, behauptet er, zur Verzweiflung. Übrigens habe ich im Moment Bauchweh, ohne dass ich Sekt getrunken und Süßigkeiten gegessen habe.

Deine Mirjam

Von: Mirjam
An: Opa

Hallo Opa, melde dich! Mama versucht euch auch übers Telefon zu erreichen. Aber die in der Zentrale sagen, ihr seid gerade unerreichbar. Was heißt das? Das macht mir Angst. Deine Mirjam

Von: Mirjam
An: Opa

Hallo Opa, das ist echt gemein, mich so hängen zu lassen. Du hast immer gemotzt, dass ich ohne Laptop nicht auskomme, aber eigentlich komme ich ohne dich nicht aus. Das hätte ich nicht schreiben sollen. Bilde dir bloß nichts ein. Schreib ein paar Worte, bitte! Deine Mirjam

Von: Mirjam
An: Klinik am Ried

Hallo, hier ist Mirjam Schwöbel. Mein Opa ist bei Ihnen, mit seiner Frau, meiner Oma. Er heißt Robert Brodbeck und ist schon oft bei Ihnen gewesen. Er soll mir mailen und tut das nicht. Können Sie ihn dazu bringen?

Von: Klinik am Ried
An: Mirjam

Hallo Mirjam, dein Opa ist sehr krank. Wenn er wieder gesund ist, schickt er dir eine Mail. Ich bin sicher.

Schwester Gudrun, Klinik am Ried

Von: Mirjam
An: Opa

Hallo, lieber, lieber Opa, ich weiß, du kannst nicht mailen und das Laptop ist dir jetzt egal. Ich denke ganz fest an dich. Und heute habe ich auch mal geheult. Deine Mirjam

Von: Mirjam
An: Klinik am Ried

Hallo, Schwester Gudrun, geht es meinem Opa besser? Er mailt nämlich noch immer nicht. Mirjam

Von: Klinik am Ried
An: Mirjam

Liebe Mirjam, frag deine Mutter, wir haben mit ihr telefoniert. Schwester Gudrun

Von: Mirjam
An: Opa

Lieber Opa, ob dein Laptop meine Mail noch kriegt? Ich spinne, wenn ich dir jetzt noch maile. Du lebst nicht mehr. Du hast dich auf deiner Wellness-Insel nicht erholt. Mama hat gesagt, dass deine Seele irgendwo ist, in der Nähe. Ich bin traurig und froh. Froh, weil die Seele keine Beine hat, die stolpern können. Am Freitag wirst du begraben. Ich komme zu dir.

Deine Mirjam

Von: Opa
An: Mirjam

Hallo Mirjam, ich habe dich gesehen. Du hast mir ein Blumensträußchen nachgeworfen. Meine Seele hat sich gefreut. Aber mit deinen Tränen hast du dein Taschentuch richtig gewässert. Ich habe dich sehr gemocht, und weil du mich auch magst, bleibt meine Seele in der Welt.

Dein Opa

Von: Mirjam
An: Opa

Hallo Opa, bald sind Ferien und wir fahren zum Zelten nach Sardinien. Ich habe mir nie vorstellen können, dass du in einem Zelt schläfst. Du bist nicht geeignet für Zelte. Es ist nur blöd, dass ich dir dann nicht mehr mailen kann. Papa hat schon mit lauter Stimme verkündet, dass dieser ganze elektronische Kram zu Hause bleibt. Und du? Dich nehme ich mit, weil ich an dich denke.

Deine Mirjam

Von: Opa
An: Mirjam

Liebe Mirjam, ich bin mit meinen Gedanken weit weg und schicke sie dir auf deinen Computer. Ich werde dich auf deiner Reise begleiten – fliegt ihr oder fahrt ihr mit dem Auto? –, das fällt mir nicht schwer, denn meine Gedanken sind auch deine oder umgekehrt. Früher hätten wir uns keine Mails gesendet, sondern Briefe geschrieben, lange Briefe oder Postkarten mit Bildern von dem sardischen Zeltplatz.

Dein Opa

Von: Mirjam
An: Opa

Lieber, lieber Opa, wir fahren natürlich mit dem Auto. Wir müssen aufhören zu mailen. Mama, die zufällig in meine E-Mails geguckt hat, verbietet mir, weiter Mails zu schreiben. Und das an deiner Stelle. Das ist abwegig, findet sie. Ich soll mich in meine Trauer nicht reinsteigern. Jetzt könnte ich ein paar Sätze von dir brauchen. Ich weine mal wieder.

Deine Mirjam

© Stephan Morgenstern/Beltz & Gelberg

Peter Härtling

Peter Härtling, geboren 1933 in Chemnitz, lebt als freier Schriftsteller in Mörfelden-Walldorf. Seine Bücher wurden in mehr als zwanzig Sprachen übersetzt und mehrfach ausgezeichnet. U. a. erhielt er den Deutschen Bücherpreis und den Corine Ehrenpreis sowie für sein kinderliterarisches Gesamtwerk den Sonderpreis des Deutschen Jugendliteraturpreises.
Seine Kinderbücher erscheinen bei Beltz & Gelberg, darunter *Sofie macht Geschichten, Das war der Hirbel, Oma* (Deutscher Jugendliteraturpreis), *Theo haut ab, Ben liebt Anna, Alter John, Krücke, Fränze, Mit Clara sind wir sechs, Lena auf dem Dach, Jette, Tante Tilli macht Theater, Reise gegen den Wind, Paul das Hauskind* und zuletzt *Hallo Opa – Liebe Mirjam.*

Peter Härtling

Paul das Hauskind

Roman, 192 Seiten (ab 11), Gulliver TB 74393

Für Paul gerät in diesem Sommer alles durcheinander. Seine Mutter ist in New York, sein Vater immer unterwegs. Paul ist allein und er ist es doch nicht. Denn seit ihm die Eltern abhandengekommen sind, kümmert sich das ganze Haus um ihn: Oma Käthe, Erin Üdal und Bibi, der alte Schwarzhaupt, auf den sich Paul immer verlassen kann, und all die anderen. Manchmal aber überkommt Paul eine große Wut …

Peter Härtling

Ben liebt Anna

Mit Bildern von Eva Muggenthaler
Erzählung, 96 Seiten (ab 8), Gulliver TB 74099
Zürcher Kinderbuchpreis »La vache qui lit«
Auswahlliste zum Deutschen Jugendbuchpreis

Ben liebt Anna, das Aussiedlermädchen, das neu in die Klasse kommt. Und auch Anna hat Ben eine Weile sehr lieb gehabt. Eine schöne, aber auch schwierige Zeit: Da gibt es Aufregung und Gekränktsein und Eifersucht, Streit mit Freunden und immer wieder die Angst, ausgelacht zu werden …

GULLIVER www.beltz.de
Beltz & Gelberg, Postfach 10 01 54, 69441 Weinheim

Michaela Holzinger

Funkensommer

Roman, 272 Seiten (ab 12), Gulliver TB 74533

Hannah lebt mit ihrem Bruder Raphael und ihren Eltern auf einem Bauernhof. Seitdem Raphael einen epileptischen Anfall hatte, verschließt er sich vor der Welt. Hannah muss ihren Eltern mehr denn je bei der Arbeit helfen. Doch sie möchte den Hof nicht übernehmen, sondern selbst über ihre Zukunft bestimmen. Sich frei fühlen. So, wie immer, wenn sie vom Jungfrauenfelsen in den Waldsee springt. In diesem Sommer soll alles anders werden: Hannah trifft eine Entscheidung …

Martina Wildner

Königin des Sprungturms

Roman, 216 Seiten (ab 11), Gulliver TB 74578
Deutscher Jugendliteraturpreis
Buch des Monats der österreichischen AG Kinder- und Jugendliteratur
Ebenfalls als E-Book erhältlich (74545)

Die 12-jährige Nadja kennt kein Leben ohne Karla. Tag für Tag gehen sie zum Sprungtraining – Auerbachsalto, Delfinkopfsprung. Nadjas Sprünge sind beeindruckend, aber Karla ist die Königin des Sprungturms, die die Leute zum Verstummen bringt. Doch von einem Tag auf den anderen gelingen Karla keine Sprünge mehr … Es ist ein unvergesslicher Sommer, in dem so viel passiert, in dem Nadja endlich von Karlas Geheimnis erfährt und ihr der beste Sprung ihres Lebens gelingt.

GULLIVER

www.beltz.de
Beltz & Gelberg, Postfach 10 01 54, 69441 Weinheim